현대시세계 시인선 104

몽상가의 등불

최혜숙 시집

몽상가의 등불

최혜숙
시집

도서출판 북인

시인의 말

노트를 펴놓고 친구들의 이름을 하나씩 적다가 문득 밤 늦은 시간 불쑥 찾아가도 반색하며, 따뜻한 밥 한끼 먹여줄 친구가 몇 명이나 될까 생각해 보았다.
나는 누구일까?
타인들이 생각하는 나는 과연 어떤 사람일까?
내가 생각하는 나와 남이 생각하는 나의 차이는 뭘까?

그동안 시 쓰는 일에 집중하지 못하고 온갖 세상사에 시달리다가 2010년 첫 시집을 내고 9년이 지나서야 그간에 쓴 시들을 모아 간신히 두 번째 시집을 낸다.

2019년 가을
최혜숙

차례

2부

3부

4부

1부

소리가 지나가는 길

두 마리의 새가 앉아 있는 가지
오래된 울음이 묻어 있습니다
밤새 젖은 날개를 그 위에 펼쳐놓고
서로 다른 곳을 향해 애절한 소리를 보냅니다
붉은 잎 사이로 지나가던 바람이 잠시 돌아봅니다
한 마리가 자신의 속내를 끌어올려 내밀한 소리를 보냅니다
다른 새도 덩달아 같은 소리를 보냅니다
새와 나 사이 텅 빈 공간
소리만 들락거리는 허공 한 칸

봄나들이

이 봄엔
털이 보송한 양 한 마리 데리고
목적지 없는 여행을 떠나보리
촐랑거리며 따라오던 햇살이
천지사방 가득 메우면
양은 지쳐 메에—메 울어대리
바람 좋은 언덕에 담요 한 장 펴놓고
구름 한 자락 들여놓아도 좋으리
졸졸거리는 시냇물 속에 녹아 함께 흘러도 좋으리
보풀보풀한 털 만지며
진달래 향기에 취해 마냥 빈둥거려도 좋으리

저녁엔
눈이 큰 농부의 마당에 들어가
하룻밤 잠자리 청해보리
골방 한 구석 퀴퀴한 냄새에 취해
오랜만에 깊은 잠 한 줄기 피올려보리

아침엔
그의 두레상에 끼어 앉아

헤픈 웃음을 웃다가
화사한 햇빛 속으로 무작정 길을 떠나리
사뭍사뭍 황금양털을 따라가면
이아손을 만나게 될까

올 봄엔
이쁜 양 한 마리 데리고
빈들빈들 세상구경이나 떠나보리

추호秋毫의 끝

날카로운 말들이 심장을 파고들어
숨을 쉴 수 없을 때
추호의 끝에 눈을 맞추고
가파른 언덕 위에 한번 서볼 일이다

역정난 바람의 심술에 몸을 맡기고
날아가는 새들의 이마를 어루만지며
한정없이 흔들려볼 일이다

형체를 잃고 세상 밖으로 튕겨져
짐승의 가는 털끝에서 떨고 있는
영혼의 눅눅한 울음소릴 들어볼 일이다

하릴없이 반복되는 일상에서
한 순간도 자유롭지 못했던
내 생의 굽은 마디를 풀어주고
길고 긴 침묵의 터널을 빠져나와
가슴이 말하는 소릴 고즈넉이 들어볼 일이다

문득

설거지를 하다가 문득
엄마 하는 소리에 뒤돌아본다
아무도 없는 빈 공간
심술난 햇살이 강아지와 숨바꼭질 중이다
분명히 들었는데
나를 부르는 시간은 지금 여기가 아니다
하지만 소리는 아주 가깝고 익숙하다
삼십 년을 돌아가 어린 딸을 만나면
아직 젊은 나도 거기에 있을까

내가 지금 여기서 엄마 하고 부르면
소리는 내 시간을 거슬러
지금은 안 계신
젊은 엄마의 귀에 닿을 수 있을까
그래서 일손을 놓고 잠시 돌아보는
엄마의 시간에 멈출 수 있을까

발 없는 새

시를 쓴다는 것은

팽팽하게 풀 먹인 무명천을 펼쳐놓고
인생을 한 고비 한고비 잘 마름질하여
한 땀 한 땀 정성들여 꿰매는 것이다

인간세의 주름을 하나씩 하나씩 잡아가는 것이다

수많은 주름 속에 얼굴을 묻고
밤새도록 꺼이꺼이 울어보는 것이다

함박눈 펑펑 쏟아지는 거리로 뛰쳐나가
머리 위로 내려온 하얀 시의 파편들을 안타까이 바라보는 것이다

행간에 얽힌 어지러운 기호를 읽지 못하고
이미지의 함정에 빠져 허우적거리는 것이다

이젠 아무 쓸모없는 것들과도 쉽게 이별하지 못하고 하염없이 함께 흘러가는 것이다

때론 아비처럼
발 없는 새가 되어 하늘 높이 날다가
한 줄 바람 속으로 사라지는 것이다

보이는 것과 느끼는 것 사이

시간은 꽁지 빠진 닭처럼 도망을 쳤고, 세상은 부글부글 끓어올랐다 누군가는 표절을 했고, 누군가는 절필을 선언했다 나는 시 쓰는 일에 환멸을 느꼈으며, 가끔씩 은둔자의 삶을 질투하기도 했다 때론 내 시가 내 것이 아닌 것처럼 낯설게 느껴졌다

칠월 십이일 국립극장에선 〈햄릿〉 공연의 막이 올랐다 원로 배우들이 총 출동한 야심작이었다 무대 조명이 켜지자 낯익은 아홉 명의 출연자들이 검은 망토를 입고 나란히 서 있었다 연극은 왕의 유령을 보았다는 호레이쇼의 등장으로 시작되었다 무대 장치 하나 없는 황량한 원형극장, 무대 위로 피어오르는 음습한 안개와 바람은 유령을 부르기엔 역부족이었다 그럼에도 불구하고 유령은 왔고, 햄릿의 독백 또한 사백 년의 시간을 거슬러 관객 곁으로 날아왔다

나는 보이는 것과 느끼는 것 사이에 선 낯선 관람객처럼 냉정해졌다 그러자 내게서 태어난 시가 내 것이 아니듯이 내가 사랑한 연극도 이미 나를 떠났다는 것을 깨달았다

한 생을 마시는 저녁

나 좋다는 친구와 둘이 앉아 소주를 마신다
검은 술잔 속에서 비틀거리던 달도
이미 기운 지 오래
분위기에 취해 반쯤 넋이 나간 나는
말이 되는지 안 되는지도 모르는 소리를 주절거리며
찬 술잔을 입에 대고 홀짝거린다
뒤늦게 합석한 여자 친구, 걸쭉한 욕지거리 늘어놓더니
슬그머니 사라지고 없다
눈이 반쯤 풀린 그는
암말 안 하고 소주만 들이붓고
나는 술잔을 만지작거리며
'목마는 주인을 버리고 그저 방울 소리만 울리며 가을
속으로 떠났다'*고 홍얼거린다
늘 눈이 젖어 있는 그는
금방이라도 울 것처럼 나를 본다
아니 내 등 뒤에서 웃고 있는
가슴 큰 안젤리나 졸리를 본다
우리의 술잔은 자꾸 넘치고
우리의 얘기는 자꾸 미끄러지고

* 박인환의 시 「목마와 숙녀」 중에서.

사월의 이별

만개한 벚꽃이 회색빛 도시를 흰 색으로 도장했다고 믿는 사람은 없다 낭자한 꽃잎과 꽃잎 사이에는 언제나 바람의 은밀한 흔적이 존재한다 사방을 가득 채운 황홀한 향기 또한 미혹된 환상에 불과할지도 모른다

그가 내려놓고 간 둥근 웃음소리를 망각하는 데는 조금 복잡한 과정이 필요하다 그의 완강한 어깨는 허공을 향해 어떤 흔들림도 용납하지 않는다 식은 커피가 화산재 냄새를 풍기기 시작한다 그날 우리가 아소산의 이글거리는 불덩이 속에 던져넣은 것은 무엇이었을까

인적이 끊긴 보도 위를 휩쓰는 높새바람은 비의 전조 현상일 것이다 꽃잎을 말리는 바람 소리가 들린다 꽃이 피는 것도, 꽃이 지는 것도 한순간의 일이다 사람의 관계 또한 이와 같아, 붙잡는다고 유예되는 것도, 놓아준다고 종지부를 찍는 것도 아니다 우린 그저 이미 정해진 생의 한 지점을 천천히 통과하고 있을 뿐이다

잃어버린 것에 대하여

할 일 없는 허수아비랑 어깨동무하고
텅 빈 논바닥에 큰 대 자로 누워
저기 북녘 어디선가 찾아온 바람을 품에 안고
오래 전 잃어버린 사랑을 생각한다

이 쓸쓸한 세상 어딘가에
아직 목숨 부지하며 늙어가고 있을
그의 주름진 이마를 생각한다

어느 추운 날
장갑도 없이 흔들리다가 멀어지던
희고 큰 손을 생각한다

한 생이 정지되는 순간에도
주위를 맴돌며 떠나지 못하는
다른 생의 흔적 같은
하루살이의 고달픈 춤을 생각한다

영원성이 존재하는 과거

이른 아침 창문을 열어놓고
영원성이 왜 미래가 아니고 과거인가에 대해
생각하기 시작한다
찬 공기가 피부를 지나 핏속으로 뚫고 들어와
뜨거운 혈액을 조금씩 응고시킨다
어둠이 걷히기 시작하는 하늘을 보며
나에게서 시작해 과거로 가는 길을 더듬어 내려간다
뒤를 향해, 원래 내가 있었던 곳을 향해,
젊은 엄마였다가, 긴 머리 아가씨였다가, 갈래머리 여학생이었다가, 단발머리 소녀였다가, 아장아장 아가였다가, 젖먹이 갓난쟁이였다가
마침내 엄마의 자궁 속으로 사라졌다
어둡고 고요하고 따뜻하고
끝도 없는 심연
영원성이 존재하는 과거 속으로

어느 날 갑자기

어느 날 갑자기
아내가 달라졌다
이제 그녀는 예전의 그녀가 아니다

그녀는 여전히
아내의 옷을 입고
아내의 말을 하고
아내의 일을 하고
아내의 모습으로 있었지만
전혀 낯선 이방인이었다

나는 곤혹스러웠다
이 이방인을 환대해야 할지, 푸대접해야 할지
망설이는 시간이 길어졌다
나는 내면 깊숙이 가라앉았고
오래 고립되었으며
입 속에 갇힌 말조차 바삭거리며 오그라들었다

어느 날 갑자기
아내는 아내가 아니었고
나 또한 내가 아니었다

가슴에 심은 길

당신의 가슴속에 길 하나 심었습니다

언제나 마음 내키면 오갈 수 있는
작지만 품이 넓은 길입니다

늦은 밤에도 거리낌 없이 걸어들어가
도란도란 얘기 나눌 수 있는 정겨운 길입니다

처음엔 입구를 찾지 못해 갈팡질팡하지만
어느새 익숙해지는 낯익은 길입니다

힘들 때는 주저하지 말고 들어가세요
항상 당신을 기다리는 길입니다

혼자 외로워하지 마세요
당신은 이미 그 길 안에 있습니다

잠들지 못하는 밤

눈을 감고 오래 잠들지 못하는 밤
어둠의 검은 입 속에 한 발을 집어넣고
들짐승처럼 포효하는 울음을 운다
오래된 상념들, 조각난 기억
현재와 과거가 함께 섞여 머릿속에서 뱅뱅 돈다
킬리만자로의 표범은 왜 하늘 가까이 올라갔을까
거기 얼음으로 서서
찬바람 맞으며 고독을 자양분 삼아
원대한 꿈을 꾸고 있을까

그곳은 아무것도 사라지지 않는 영원한 허공
밑바닥을 차고 솟아오르지 않아도 될,

내 삶은 유예된 것일까
화살처럼 빠르게 날아가고 있는 것일까

생각 죽이기

늦은 밤에도 살아 숨쉬는 야시장에 갔다가 누군가의 손때가 묻은 비단주머니 두 개를 샀습니다 그걸 벽에 걸어두고 나쁜 생각이 가슴을 후빌 때는 빨강주머니에 담고, 좋은 생각이 귀를 간지럽힐 때는 파랑주머니에 담았습니다 두 개의 주머니를 보고 있으면 나도 모르게 마음이 고즈넉하였습니다 주머니 안에 생각을 넣고 나면 머릿속이 비 온 뒤처럼 활짝 개어 오래 밀린 단잠을 잘 수 있었습니다 생각들은 이상하게 한번 들어가면 다시 나오지 않았습니다 그 속에서 무엇을 하는지 아무 소리도 들리지 않았습니다 여러 날이 지난 후 두 개의 주머니를 열어보니 좋은 생각과 나쁜 생각은 종적이 묘연하고 주머니 안은 텅 비어 적막하였습니다 그 후론 자주 주머니를 열고, 갈데없는 생각들을 담아 열흘이고 스무날이고 걸어두고, 마냥 바라보다 혼곤히 잠들곤 하였습니다

나비의 시간

아무리 시간이 흘러도 변하지 않는 것이 있다

신들린 듯 꽃망울 터트리는 꽃들의 전쟁터
꽃과 꽃 사이 넘나드는 황홀한 호사
바람의 시간이다

달뜬 날개 꽃술에 빠져
난봉꾼처럼 우쭐거리다가
비틀비틀
어지러운 봄밤이다

탐닉하며 뜨겁게 달아올라
꿈과 현실을 오락가락
몽환의 시간이다

이대로 한 줌 재가 된다 해도
결코 멈출 수 없는 황홀한 날갯짓
절정의 순간이다

2부

아주 특별한 방법으로 명화 감상하기

클림트의 〈키스〉를 처음 봤을 때
황홀한 광채에 눈멀었다
키스하는 연인들에게서 흘러나온 빛에 매료되어
정신 잃었다

아주 잠깐 그림 속으로 빨려들어가
어느새 연인들의 황금망토 속을 엿보고 있다
좋아하는 그림 속에 너무 오래 머물면
시간의 문이 닫혀 난감한 상황에 직면하게 된다
그럴 때는 그림의 일부가 되어
나 같은 사람이 들어와 출구가 열릴 때까지 기다린다
문은 언젠가 열리게 되어 있다
명화에 열광하는 사람은 사방에 널려 있으니까
난 들어온 사람에게 내 자리를 양보하고
아쉬운 듯 밖으로 나온다

그리고 아무 일 없었다는 듯
다른 그림 앞에 서서 일희일비一喜一悲하는
평범한 관람객으로 돌아간다

어느 몽상가의 등불

침묵이여
내 혼을 관통하는 등불이여
날개 치며 일어나는 불꽃이여
내 생을 떨게 하는 힘이여

침묵이여
내 혀끝에서 지워지는 신의 선물이여
사각의 모퉁이에서 흔들리는 기억이여
어둠 저편에서 머뭇거리는 이미지의 편린이여

침묵이여
강물 위로 떠다니는 노래여
갈대숲에서 들리는 바람의 변주곡이여
내 몽상의 근원이여

침묵이여
안에서 타는 빛이여
나를 살게 하는 힘이여
내 영혼의 깊은 잠을 깨워다오

죽음 한 마당

— 영화 〈300 : 제국의 부활〉

내가 누구인가는 중요한 문제가 아니다
그날 테르모필라이 협곡
수백 명의 젊은이가 이슬처럼 사라졌다
해질 때까지 날선 눈빛으로 적을 베었다
무뎌진 칼이 더 이상 살생을 원하지 않을 때
나 또한 적에 의해 베어졌다
질퍽한 핏속에 드러누워
좁은 골짜기를 누비는 바람의 곡소릴 듣는다
할 일을 끝내고 곁에 누운
쇠붙이의 애끓는 넋두릴 듣는다
서로 뒤섞인 채 풀잎처럼 누워
죽음 한마당이 지나가는 소릴 듣는다
관도 없이 사방으로 흩어진 붉은 꽃송이들
하늘을 뒤덮은 검은 점들
내 피가 불러온 나의 상주여
내 몸을 남김없이 장사 지내다오

적막, 어둠, 그리고 자유

관념의 몰락
— 에곤 실레

자신의 몸에 붙은 껍질을 긁어내고 있다
속을 보려면 아직 몇 겹을 더 벗겨야 하지만
긴 손가락은 전혀 서두르는 기색이 없다
기도하는 수도승처럼 다리 사이에 얼굴을 묻고
떨어져 나온 껍질의 단면을 기억하려 애쓴다
뒤틀린 얼굴
비뚤어진 입
부러진 코
비쩍 마른 몸이 바르르 경련을 일으킨다
한 겹을 벗기고 난 후
앙상한 손가락으로 솟구치는 머리를 잡고
"짤막한 외투는 이제 관념적이 되었지" 하며
랭보의 시구를 벗어 던진다
한 겹, 다시 한 겹
관념적인 시구는 몸에서 떨어져 몰락한다
유일하게 손이 닿지 않는 등에 붙은 관념들
그림에 붙은 관념들이 모조리 사라진 뒤에도
광포한 붓질은 멈추지 않고
뼈대만 남은 긴 팔을 뻗어
마지막 남은 붉은 껍질을 떼어내고 있다

파리에서 관념이 사라진 것은 그 이후의 일이다

흔들리는 풍경

장맛비로 사방이 습기를 머금고 축축해진 우기
집 근처 공원은 무성한 초록으로 무장하고
앞다투어 형형색색 꽃들을 피워낸다
아까는 햇살이 얼굴을 내미는가 싶더니
금세 검은 구름이 하늘을 가렸다
작품 속의 인물이 찾아온 것은 바로 그때였다
여느 아침처럼 아파트 안의 소파에 앉아
산마루 위로 떠오르는 구름에 묻힌 해를 보며
탈고하기 직전의 시원섭섭하고 야릇한 기분으로
마냥 느긋한 분위기에 취해 있었다
풍경이 미세하게 흔들리며 몽상에 빠진 나를 깨우자
머리칼을 박박 민 그녀가 만삭이 된 배를 안고 나타났다

— 아무리 생각해도 누구의 아이인지 알 수가 없어
그래도 아이를 낳아야 할까?
— 생명은 귀중한 거야
너를 통해서 왔지만 너만의 아이는 아니야
우리 모두의 아이지
더군다나 너는 내 소설 속의 인물이잖아
나는 그 아이를 꼭 낳게 하고 싶어

그녀가 뒤뚱거리며 사라진 후
흔들리던 풍경이 제자리를 찾아가고
잠시 멈췄던 시간이 흐르기 시작했다

햇살에 대한 감정

넓은 무대를 꽉 채운 것은 눈부신 햇살입니다 텅 빈 관중석은 햇살을 등진 채 고즈넉해요 둥근 무대 위로 밝은 해를 끌어왔을 뿐 붉은 조명은 어디에도 없습니다 늙은 바람이 자꾸 그의 발자국을 쓸어냅니다 내가 너무 늦게 도착한 걸까요

건너편엔 직육면체의 유리건물이 햇살을 빨아들이고 있습니다 유리에 찔린 빛의 파편들이 사방으로 튕겨나가요 구름 가득 실은 트럭 앞 유리에 파편 한 개가 얹히네요 트럭 안이 환해졌어요 햇살 속 유리건물과 구름 속 트럭이 서로 교감하는 순간입니다

그는 내가 오는 소리를 듣지 못한 걸까요 기다림은 오는 것을 가정했을 때 가능하죠 오래 보지 못한 사이에 만들어진 틈이 우리의 재회를 방해했나 봅니다 공연이 끝나자 서둘러 그곳을 떠난 그의 차가 유리빌딩 아래로 지나갑니다 하지만 반사된 햇살은 보지 못하는군요

천천히 계단을 내려와 무대 위로 걸어갑니다 그가 섰던 자리에 내가 서서 그를 연주하고 있습니다 그는 어디에나 있고 어디에도 없습니다

아름다운 포로
— 까미유 끌로델

내가 조각가처럼 보이니
난 다만 꿈을 꾸고 있을 뿐이야
끔찍한 칼날이 내 목에 닿는 것처럼
너는 그렇게 나에게 왔다

한밤중에 미친년처럼 뛰쳐나가 점토를 이긴다
너 말고는 아무도 사랑할 수 없는 어리석은 포로
어두운 건물 뒤에 숨어 가슴을 쥐어뜯으며
창문에 어른거리는 두 개의 그림자를 질투한다

설마 나의 재능이 너에게서 왔다고 착각하는 거니
아니, 너는 나를 철저하게 망가뜨렸을 뿐이야
내 욕망이 커질수록 너는 점점 멀어져갔어

삼십 년 동안 정신병동에 갇혀 수인으로 살았지
조각가로서 우뚝 서고 싶었는데 광인이 되었어
나는 날마다 죽어갔지 아무도 모르게
아주 조금씩, 조금씩

그 여자가 사는 법

— 아베 코보의 『모래의 여자』

바닷가 모래언덕
사구의 구멍 속에 사람이 산다
날마다 모래를 퍼내야 살 수 있는 곳

그곳에 여자가 산다

우산을 쓰고 밥을 먹고
자는 동안 모래가 모든 것을 먹어치우는 곳
눈을 뜨면 모래와의 전쟁이 시작되는 곳

그곳에 여자가 산다

남편과 딸이 모래 속으로 사라진 후
죽음은 늘 그녀 곁에서 입을 벌리고 웃고 있다
어떤 생명체도 살려서 내보내지 않는 곳

그곳에 여자가 산다

생명과 자유를 부르짖으며
사구의 구멍 속에 사람이 산다

삶과 죽음을 초월하여 모래와 하나되는 곳

그곳에 여자가 산다

몽우도夢牛圖 1

문이 닫힌 사각의 공간
소 한 마리와 흰옷을 입은 남자가
서로 마주보고 서 있다
흰옷을 입은 남자
갑자기 소를 끌고 문 밖으로 나간다
한참이 지난 후
시든 풀잎처럼 축 늘어져 돌아온 남자
질퍽한 땅바닥에 모로 누워 미동도 하지 않는다
땅이 그의 몸을 들어올리려 애쓰는 동안
지친 소도 바닥에 쓰러져
똑같은 고통을 겪으며 가쁜 숨을 몰아쉰다
이제 기록된 시간은 의미가 없다
나무토막 같은 몸은 습관적인 동작을 되풀이하고
소도 남자도 기진하여 쓰러져 있다

무거운 눈꺼풀을 힘겹게 들어올린 나는
소를 끌고 나가던 남자의 텅 빈 두 눈을 보았다
세상을 잃고 나락으로 내몰린 인간의 모습
아무리 애를 써도 잡을 수 없는
너무 멀리 있어 보이지 않는

실낱 같은 끈
그의 고뇌가 너무 생생하게 다가와
꿈속에서조차 가슴이 타는 듯 아팠다

몽우도夢牛圖 2

바람이 불 때마다 울음소리가 들린다
때론 가늘고 나직하게
때론 굵고 세차게

봄바람은 개화를 몰고 오기도 하고
낙화를 부추기기도 한다

언젠가 한번은 개화할 수 있겠지
늙은 소가 되기 전에
억센 뿔 들이밀며
세상 속으로 돌진할 수 있겠지

바람이 분다
사방에서 들리는
숨죽인 울음소리

그는 이중섭의 그림 앞에 서서 떠날 줄 모르고
나는 그의 야윈 등을 보며 긴 꿈을 꾼다

흔들리지 않는다는 건 거짓말이다

살짝 스쳐가는 모래바람을 따라와 아른거리는
낯익은 사막의 향기여
메마른 노래에 묻혀 망각 속에 갇힌 나의 환상이여
침묵의 강은 가없다
꿈속에서조차 미적대며 말문을 열지 못하는 어설픈 자여
어둠 속에 묻혀 안간힘을 쓰는 나의 노래를 꺼내다오 모호한 소리를 나열하는 소외된 자의 언어여
전력투구全力投球 강을 건너고 있구나
어떤 경우에도 흔들리지 않는다는 건 거짓말이다
나무늘보처럼 굼뜬 외로운 자의 언어여
고독한 심장은 한 판 승부에 지쳐 무릎이 꺾였구나
오늘은 동쪽 끄트머리 푸른 달빛 아래
달마도를 품에 안고 불타의 진리를 훔치다가
내일은 북극성 곁의 작은 곰으로 돌아가
별들의 노래를 듣는다
유월의 강은 흐를 듯 흐를 듯 멈칫거리고

풍경에 편입되는 장소
— 세스토스 해안의 전설

붉게 물든 세스토스 해안의 모래밭
두 개의 죽음이 서로 등을 맞대고 누워 있다
부드러운 너울이 새로운 풍경을 조금씩 지우는 저녁
바람 따위는 처음부터 없었다는 듯
붉은 구름은 미세한 움직임도 없다

해안의 탑에 사는 여사제 헤로
아비도스의 레안드로스에게 마음을 준다
헤로는 그를 안고 싶을 때
탑의 꼭대기로 올라가 등불을 켠다
헤로의 불빛에 사로잡힌 레안드로스
아슬아슬한 절벽 위로 기어올라가
캄캄한 바다를 향해 몸을 날린다
어느 폭풍우 치는 밤
연인의 불빛을 발견한 레안드로스
그녀를 향해 검은 물 위로 헤엄치기 시작한다
그러나 헤로를 시샘한 신들은 그녀의 등불을 꺼버린다
성난 파도 속에서 길을 잃은 레안드로스
헤로에게 닿지 못하고 풍랑 속에 갇혀 익사한다
그는 너울에 떠밀려 세스토스 해안에 도착하고

헤로는 탑 꼭대기로 올라가 몸을 날린다

* 파스칼 키냐르의 소설에서 모티브를 가져옴.

꿈꾸는 자의 자유

— 파울 첼란의 『죽음의 푸가』를 읽고

누이야

난 이제 막 스물이 되었어
삐죽해진 머리털
까끌까끌한 수염
하지만 깨진 거울 속의 나는
마치 오십처럼 보이네
모든 게 지금 막 시작되었는데

누이야

난 아직 죽고 싶지 않아
오래오래 살아서 다른 세상을 보고 싶어
이건 사는 게 아니야
그냥 숨만 쉬고 있을 뿐이지

누이야

맛있는 음식이 먹고 싶어
매일 밤 꿈속은 다른 세상이야

모든 것이 혀끝에서 이루어져
말 한마디에 세상이 달라지지

누이야!

밤마다 찾아와 창문을 흔드는
바람의 손을 보고 있어
마른 가지들이 무서워 떨고 있어
우리는 아무도 반항할 수 없단다
그건 곧 죽음이니까

언어의 능력

입 속에서 웅얼웅얼하다가
입 밖으로 튕겨져 나오면

다정한 애인이 되기도 하고
매정한 시어머니가 되기도 하고

심장을 찌르는 칼이 되기도 하고
어깨를 어루만지는 손길이 되기도 하고

잠자를 흉측한 해충으로 변신하게 하기도 하고
뫼르소를 사막의 햇살 속으로 내몰기도 하고

좀머 씨를 도도하게 걸어가게 하기도 하고
조르바를 자유로운 영혼으로 살게 하기도 한다

따뜻한 언어는
더 이상 물러설 곳이 없는 사람에게 스며들어
다시 한번 용기를 낼 수 있는 힘을 주지만

차가운 언어는

그 끝이 바늘처럼 가늘고 예리하여
한번 찔리면 생과 사를 넘나들게 한다

언어도 종종 길을 잃는다

텅 빈 머리통에 쇳물을 붓고 싶을 때가 있다
황량하고 초라한 사막처럼 단숨에 늙어버린 빈 방
그 속에서 길을 잃은 언어는 내 것이 아니다
속살을 저며낸 생선처럼 얇고 납작해진 말
기진한 채 흠집투성이 벽에 갇혀 운다

롯데리아 간판 아래 쭈그리고 앉아 손금을 본다
원래부터 없는 것을 찾으려고 발버둥치는 것은 비열한 짓이다
텅 빈 것을 은폐된 것이라 믿는 것은 더욱 치명적인 실수다
도망칠 기회를 놓치고 질질 끌려가는 노예의 삶처럼 탈진한 언어들은 간신히 내 어깨에 매달려
시나브로 죽어간다

3부

청동낙타

오십이 넘었는데도 돈 버는 재주가 없어
팔십을 바라보는 노모에게 얹혀사는 정수아재
경계인으로 밀려난 후 갈수록 살 속에 묻혀
관옥 같은 모습 옛 말이 되었고
대낮에도 방구들 끌어안고 퍼즐을 맞춘다
얼마 전엔 천 개짜리 청동낙타를 완성하고
밤새 스쿠터 타고 천안을 왕복한 정수아재
낮이면 문 닫아걸고 쥐죽은 듯 지내다가
밤만 되면 굽은 등에 날개가 돋아
늙은 스쿠터와 골목을 누비는 청동낙타

오랜만에 찾아간 나를 보고
금세 눈시울이 붉어지는 정수아재
따가운 가을볕 등진 채 웃고 있다

소멸과 불멸

그는 비탈에 오래 서 있었지만 흘러내리지는 않았다

이십 센티 넘게 쌓인 눈을 덮어쓰고
간신히 언덕배기에 걸터앉은 토담집
어둑서니 같은 연탄난로를 배경삼아
중년의 삶이 덩그러니 웅크리고 있다
긴 줄을 타고 올라온 얼음 위 송어처럼
그의 삶은 사람들 속에서 자꾸 미끄러진다
석양 무렵 수척해진 그가
홍천강에 얼음구멍 뚫고 하루를 낚는다
갑자기 오래 전에 돌아가신 아버지 모습이
그의 얼굴 위로 얼핏 스쳐간다

존재하지 않는 자만이 불멸한다면
존재하는 자는 머지않아 소멸하겠지만
이 세상에 없는 아버지는 내 기억의 한 끝을 붙잡고
지금 그의 몸 빌려 불멸을 꿈꾸는 중이다

다정함의 세계

멋진 콧수염 달고 웃고 있는 사촌동생
어릴 때 얼핏 보고
처음으로 자세히 보는
망자의 사진과 인사 나누고
낯선 올케와도 손 맞잡고 눈물 글썽인다

너무 일찍 돌아가신 부모님과 형제분들
졸지에 왕래 끊긴 이웃보다 먼 사촌
언제 만나도 낯설기만 하다

한 세대가 모두 사라진 빈 공간
그 사이 뚫고 빼곡하게 들어찬 서먹함

조문객 뜸한 적막한 빈소
멋지게 차려입은 사촌의 영정사진 위로
아들보다 젊은 이모의 쓸쓸한 미소가 겹쳐진다

화해의 시대

아버지가 돌아가시고 난 후 여러 해 동안
원망은 마음 한쪽을 제 것인 양 차지하고
꼼짝도 하지 않는다

큰 맘 먹고 나선 성묫길에 폭설이 내린다

무덤 앞에 무릎 꿇고 앉아 술 한 잔 올리고
묻어두었던 원망을 꺼내 두서없이 벌려놓는다
코트 깃을 밀치며 망설임 없이 파고든 눈발
가슴으로 스며들어 금방 눈물이 된다

눈발은 더욱 거세지고
한 치 앞도 분간하기 어렵다
뿌리가 단단하지 않은 것들은 흩어져
눈보라에 떠밀려 날아간다
아버지에 대한 원망도 덩달아 날아간다

갑자기 금방이라도 봉분이 열려
스르르 빨려들어갈 것 같은 두려움이 밀려와
서둘러 산을 내려온다

차 안에 들어와서야 간신히
아직 멀쩡한 하얀 봉분을 돌아보며
때늦은 작별인사를 한다

완벽한 가족

선량한 얼굴을 보고나서
돌발적인 행동을 추측하기는 쉽지 않다

갑자기 봄이 여름처럼 뜨거워졌고
꽃은 어디서나 만발했다가 금방 시들었다
그날 꽃향기에 취한 무능한 아버지를 업고 들어와
마룻바닥에 내동댕이치고 집을 뛰쳐나간 그는
찬바람이 불기 시작해도 돌아오지 않았다
나는 그가 신었던 운동화를 빨아 댓돌 위에 올려놓고
먼지가 먹기 시작하는 책들을 정리했다

그를 제외한 모든 것은 다 제자리에 있었다
어머니의 한숨소리, 아버지의 푸념소리, 꼬리를 흔드는 강
아지까지 한 폭의 그림처럼 완벽했다

하늬바람 부는 날

반쯤 삭아버린 뼈
이제 막 삭기 시작한 뼈
아직 멀쩡한 뼈
뼈들의 시간은 지난해 보인다

뼈와 뼈 사이
뼈와 흙 사이
개미들의 긴 행렬이 이어지고 있다
그들은 가슴을 쥐어뜯으며 소리를 지르지도 않고
꺼이꺼이 울지도 않는다
다만 느리지도 빠르지도 않게 행진할 뿐이다

이제 어머니는 더 이상 고단하지도 슬프지도 않으며
청명한 햇살 아래서 정갈하고 단아하다

깊은 잠에서 깨어난 뼈들
상자 안에 자리잡고 몸을 움추린다
한지와 뼈가 켜켜이 포개진다
그 위에 하늬바람과 눈물 몇 방울 얹히고
마지막으로 솜털구름 한 뭉치 덮인다

별이 빛나는 밤
— 칠현산방

친구야!

칠현산방의 하룻밤은 길더라

모닥불 타고 올라가는 노래
모두가 시더라
잉걸불 덮고 익어가는 이야기
모두가 삶이더라
추억 속에 묻혀 잊힌 사랑
모두가 바람이더라

친구야

막걸리 한 사발 마시고
네 얼굴 한번 보고나니
그 밤이 다 내 것 같더라

마당 가운데 누워
별이 총총한 하늘을 보면
내가 자꾸 작아지더라

그러다 그만
흔적도 없이 사라지더라

친구야

산방의 밤은 이슥해지고
지천이던 별들도 잠들었지만
우리가 풀어놓은 사랑 이야기
어둠 속에 서서
오래오래 서성이더라

비 오는 날의 발작

오늘은 손가락 사이에서 치커리가 올라오고
어제는 손바닥에서 원추리가 싹을 틔웠다
늙은 채소밭엔 더 이상 고추가 열리지 않았으며
떨어진 열매들은 밭고랑에 물크러져 있다
날이 갈수록 어머니의 밭은 물컹해져서
발을 넣으면 나올 수 없는 수렁처럼 부풀어 오른다
두 발이 진구렁에 빠진 나는
자주 밭 가운데서 허우적거린다
비가 내리는 날이 잦았고
검푸른 곰팡이는 피폐해진 가슴을 뚫고 들어와
점점 자신의 영역을 넓혀나간다
열린 하늘 사이로 번개가 내리꽂히면
큰소리를 지르며 온 집안을 겅중겅중 뛰어다닌다
습한 기운이 모든 사물에 스며들고
살아 있는 나무에도 연둣빛 이끼가 돋고 있다 나는
점점 말수가 줄었고 어머니의 낡은 옷장이나
이불 속을 뒤지는 일이 빈번해진다
영원히 멈출 것 같지 않은 장대비의 횡포
아마 내 영혼마저 깡그리 빨아들일 작정인가보다

사람 사는 일 1

며칠 전 이사 온 왕래 없는 노부부
온갖 소리를 지어내는
최강의 마술사다

먼동이 트기 시작하면
세상의 소리를 능숙하게 주물러서
그들만의 리그를 시작한다

물건이 날아다니는 소리
사람이 질러대는 소리
두 소리가 마주쳐서 내는 불협화음
순식간에 이십 계단을 내려와
내 방문을 두드린다

공동주택의 한 층 위
멀지도 가깝지도 않은 이웃사촌

덩달아 흔들리는
조마조마 나의 삶

사람 사는 일 2

오늘은 새벽이 너무 더디게 옵니다
이럴 땐 나도 어느 시인처럼 하늘로 올라가
희미해진 별들을 하나하나 씻겨주고
달의 눈썹도 잘라주면
시간이 좀 빨리 갈까요

정초에 찾아온 예고 없는 불청객
색색의 알약 십여 개를 입안에 털어넣고
밤새 엎치락뒤치락
꿈과 현실을 오락가락합니다

아직 꿈을 볼 수 있다면
살아 있다는 증거겠지요

고통을 신의 축복으로 여긴다는 인도인
살아 있는 자와 죽은 자가 공존하는 갠지스
그곳에선 과연 어떤 꿈을 볼 수 있을까요

사람 사는 일 3

산다는 건 구르는 것이다
내 몸이 닳아 쓸 수 없게 될 때까지
오래오래 굴러가는 것이다

오월의 저편

고창 가는 길
어떤 주검이 수많은 바퀴자국에 붙어
낯선 곳으로 이동 중이다

한때는 가족의 가장이었을 건장한 몸이
먹이 찾으러 나왔다가
느닷없이 길바닥 위에서 비명횡사非命橫死
홍건했던 핏자국 지워지고
살점 뜯겨나간 뒤
이제 바스라져 한 줌 가죽만 남아
간신히 아스팔트 붙잡고 있다

살아남은 새끼들이 아비를 잊어갈 즈음
그의 마지막 모습도 사라지겠지

고인돌군락지를 돌아보다가
마음속에 가져온 주검 하나
돌무덤 밑에 가만히 내려놓는다

순천만 풍경

모자 쓴 할아버지 꼬부작꼬부작 지나가고
살찐 마르티스 뭉그적뭉그적 지나가고
키 큰 할머니 기우뚱기우뚱 지나가고
비둘기 두 마리 뒤뚱뒤뚱 지나가고
청소차 한 대 구름 싣고 뭉게뭉게 지나가고
노랑나비 한 마리 꽃마차 타고 팔랑팔랑 지나가고
햇살 한 줄기 소금물 머금고 아롱아롱 지나가고
갈대밭의 바람 한 줌 살랑살랑 지나가고
꼬막비빔밥집 아낙네 씰룩씰룩 지나가고
몽롱한 안개에 젖은 김승옥 아롱아롱 지나가고
갯벌에서 짱뚱어 낚던 어부들 왁자지껄 지나가고

그리고
아무도 지나가지 않는다

가족의 탄생
— 끝말잇기

레오가 태어난 지 한 달 만에 우리집에 찾아온 가을
가을은 깊어가고 거리에 뒹구는 낙엽
낙엽처럼 훨훨 날아가신 어머니
어머니의 관 옆을 떠나지 않는 레오
레오의 작은 몸 위로 흘러내린 눈물
눈물을 삼키고 묘지 앞에 모여 앉은 가족
가족이 함께 바라보는 쓸쓸한 하늘
하늘 위로 둥둥 떠가는 엄마구름
엄마구름 위로 번지는 적막한 미소
미소는 가족을 묶는 단단한 밧줄
밧줄 끝을 잡고 조심조심 세상으로 나가는 딸
딸이 만나는 예상 밖의 복병
복병을 물리치지 못하고 나동그라진 하루
하루가 물구나무서서 힘겹게 걸어가는 저녁
저녁 어스름에 기대어 자꾸 흘러내리는 어깨
어깨 위로 쏟아지는 때 아닌 소나기
소나기에 젖은 옷 속으로 스며드는 겨울 소식
겨울 소식을 전하며 냉큼 다가온 메타세콰이어
메타세콰이어의 노래를 들으며 몸을 추스르는 밤길
밤길에 들리는 낯익은 강아지 소리

소리를 보내놓고 기다리는 아파트

아파트 문이 열리고 반갑게 달려나오는 레오

보이지 않는 소원

난 아내에게 늘 미안했네

콩나물국 끓여놓고 술 취한 남편 기다리는 아내
시장에서 파프리카 싸게 샀다고 좋아하는 아내
돈 모이면 백두산 가서 천지에 발 담그고
온천물에 익은 달걀 까먹는 게 소원이라는 아내
휴가 때는 정동진 가서 꼭 해돋이 보자고 설치는 아내
일주일 동안 7번국도를 걷다가 동해바다에 풍덩풍덩 그동
안 묵은 때를 말끔히 씻고 싶다는 아내

난 아내에게 정말 미안했네

가끔은 못생긴 발가락에 빨간 매니큐어를 칠하는 아내
여름에는 비키니가 잘 어울리는 아내
고무줄 늘어난 팬티는 죽어도 입기 싫다는 아내
명품 코너 앞에서 서성거리기만 하는 아내
숏커트가 잘 어울리는 아내
짧은 반바지 입고 어디든 갈 수 있는 아내
더러 멍하니 하늘을 보며 아무 생각도 안 한다는 아내
가끔은 이쁜 눈동자에 속마음이 훤히 비치는 아내

난 아내에게 자주 미안했네

4부

석모도 노을

어린 나무는 붉은 옷을 갈아입고
그림처럼 서 있다

늙은 바다는 불덩이를 삼키고도
아무렇지 않은 척 능청을 떤다

사람들이 느릿느릿 황소걸음을 걷는다

노을을 배경으로 황소가 지나가는 마을

붉은 노을을 삼킨 황소가 큰 울음을 운다

죽음에 이르는 병

— 숭덕사의 종

두꺼운 밧줄 밖으로
비죽이 얼굴을 내밀고
땅의 심장소리 들으면
생은 그럭저럭 참을 만했다

행선지도 모른 채
비포장도로를 달릴 때의 덜컹거림도
뺨을 스치는 바람의 냉기도
내 몫이라고 정해놓으면
그리 어려울 것도 없었다

하지만 헛간 구석에 팽개쳐둔 채
검은 쇳덩어리로 돌아가게 하는 것은
나를 살게 했던 소리의 실체를 지워버리고
결국 죽음에 이르게 하는
혹독한 형벌이었다

키에르케고르의 절망이
발끝에서부터 온몸을 휘감고 올라와
심장을 흔들어대는 밤

지금 내 울음을 멈추게 할 사람은

이 세상에 없다

바람의 노래

— 히에라폴리스

신전의 돌기둥은
프로메테우스가 묶여 있던 바위처럼
단단하고, 크고, 길쭉하고

형체만 남은 성곽은
종이로 만든 집처럼
구겨지고, 뒤틀리고, 찢어지고

그 옛날의 영광은 들은 적도 없다는 듯
여기저기 너부러진 채 누워 있다

기둥 사이에 앉아
서늘한 바람의 노래를 듣는다

그날의 노랫소리가 시간의 강을 건너와
들릴 듯 들릴 듯 애를 태우는 한낮

잠깐 뒤돌아보는 사이

수천 년이 지나가고

수많은 사람이 지나가고
수많은 내가 지나간다

두 개의 기둥

— 에데사

바작바작 살을 태우는 햇살
내 뼈들은 잘 말라
걸을 때마다 덜그럭덜그럭 소리를 낸다

뜨거운 돌계단 자근자근 밟으며
언덕을 오른다
잘 달궈진 대리석은 이방인의 발소리를 아는지
밟을 때마다 비명을 지르며 운다
어느새 해는 지고
니므롯의 보좌 앞엔 인적이 드물다

찬란한 불빛 속에 반짝이는 도시 에데사
누가 저곳을 가리켜
십자군과 이슬람군의 격전지였다고 말하겠는가

— 한때는 붉은 피가 강처럼 흘렀지
— 입을 열어 말하는 건 무의미했어
— 차라리 눈을 감고 죽은 자들 곁에 누워 있고 싶었지
— 아침에는 이슬람군 깃발이 나부끼다가
저녁에는 십자군 깃발이 펄럭였지

두 개의 기둥 사이에 서서
그날의 낡은 기억을 더듬는다
그때 난
이슬람군이었을까
십자군이었을까

모딜리아니가 있는 방
— 안타키아

목 떨어진 조각상 몇 개
깨어진 타일 모자이크 몇 점
띄엄띄엄 서 있는 성상들은
한결같이 표정이 굳은 채 말이 없다

목이 긴 잔느 에뷔테른도
육감적인 누드도 없지만
이 방에선 자꾸 모딜리아니가 보인다

목 떨어진 조각상 위로
그의 잘 생긴 얼굴이 올라가 있기도 하고
턱이 떨어져나간 부분에 거만한 턱을 내밀며
서 있기도 한다

아마도 그는 아직 이 방에 앉아
오가는 사람들의 눈동자를 보며
작품 속 여인들의 없는 눈동자를
그리고 있나보다

목 없는 조각상 아래로 지나가다가

얼핏 그의 모습을 본 것 같아 올려다보니
막 퍼지기 시작하는 햇살 속에서
그가 살짝 윙크를 보낸다

로마에 대한 과대망상

카피톨리노 언덕 위로 태양이 떠오른다
난생 처음 만난 로마는 우아한 숙녀 같구나
백발을 휘날리며 걸어가는 노신사 같구나

호기심 많은 내 귀는 점점 길어져
개선문 꼭대기에서 어슬렁거리다가
콜로세움의 무너진 기둥 사이로 들어간다
귓바퀴에 달라붙은 굶주린 맹수들의 울부짖음
두려움에 떠는 인간들의 한숨소리
그만 넋을 놓고 벽 앞에서 휘청거린다
붉은 경기장에 서서 검투사들의 노래를 듣다가
얼굴 없는 팔들이 칼을 들고 선회하는 것을 본다

버스를 타고 판테온 신전으로 가다가
여기저기 뼈대만 남은 고대의 로마를 만났다
옛 모습을 간직한 채 의연하게 서 있다
신전 안으로 들어온 길고 나른한 그림자 행렬
막 불이 켜지기 시작하는 로마를 바라보고 있다

내일은 한번 마시면 평생 그 맛을 잊지 못한다는

타짜도르에서 커피 한 잔을 마시고
또 다른 로마를 만나러 가야겠다

부하라의 달

— 하렘

쉬토라이모히히사 궁전엔 달이 자주 찾아와요
칸이 던진 사과가 구르다 내 발 앞에 멈췄어요
오늘밤 내 침실엔
붉은 카펫을 펼까요
푸른 카펫을 펼까요
등불을 끄고 큰 창을 열어
환한 달빛을 빌려 와야겠어요

별이 빛나기 시작하네요
양탄자를 밟는 칸의 발소리가 들려요
자는 척 눈을 감고 그의 기척을 느껴볼래요
오늘밤 나는 칸의 여자가 될 수 있을까요

달이 너무 멀리 있나봐요
그의 모습이 보이지 않아요
마음이 자꾸 바빠지네요
한번도 그의 눈길을 받아보지 못했거든요

바람이었을까요
분명 발소리가 들렸는데

그냥 지나갔나봐요
모두들 봤죠?
사과는 분명 내 앞으로 굴러왔지요?
머지않아 아침이 오는데
붉은 방 안엔 하얀 달빛만 가득하네요

사 킬로미터
— 비무장지대

새벽이 오는 길목에서
오래 마주보고 있습니다

머리카락 날리는 바람의 말조차
알아듣지 못한 지 오래 되었습니다

철조망을 사이에 두고 멈춰 있는
육십 년의 시간을 향해
정중하게 손을 내밀어봅니다

그동안 우린 어떤 꿈을 꾸고 있었을까요

인적이 끊긴 지 수십 년
봉분 없는 무덤들은 아직도
경계선 너머 푸른 하늘을 올려다보고
잘 생긴 고라니 가족은
달콤한 밀밭 향기를 기억하지 못합니다

아침이 오려면 얼마나 더 기다려야 할까요

실스마리아

— 클라우즈 오브 실스마리아

구겨진 도화지의 단면 같은
주름진 화면 속으로 멀어지는 소리

낯선 산굽이를 돌고 돌아
곡선으로 모여드는 소리

살아 있는 생명체처럼 꿈틀거리며
흩어졌다가 다시 모여
강물 위로 걸어가는 소리

창 너머로 손을 내밀면
손가락 사이로 빠져나가는 안개 같은 소리

하나의 길 위에 모여 있다가
가던 길을 지우고
새로운 길을 안내하는 야생의 소리

창을 열어놓고 저녁을 짓다가 문득
성큼 다가온 실스마리아의 소리를 듣는다
말로야 계곡을 가득 채운
마술 같은 구름의 우렁찬 소리를 듣는다

윤회 輪廻

네가 내 얼굴을 잡아당겨 한 꺼풀을 벗겨낸다
그러자 웃고 있는 네 얼굴이 거기 있다
네 손에 들려 있는 것이 진정 내 얼굴일까
내가 네 얼굴을 잡아당겨 벗겨내면
거기서 내가 웃고 있을까
끝없이 떼어내도 끝없이 나타나는 수많은 얼굴
내가 정말 저토록 여러 생을 거쳐 여기에 서 있는 것일까
갑자기 무서워져서 손을 멈추고 너를 보았다
그런데 너는 없고 낯선 얼굴이 나를 내려다보며
웃고 있다
우리는 누구일까
어디서 온 것일까

유식唯識한 여자

조계사 선방에 연꽃 같은 여자들이 앉아
연꽃 스님의 유식학唯識學 강의를 듣는다
유식학을 들으면 유식有識해진다는 속설 때문인지
선방엔 철 이른 연꽃이 벌어져
발 디딜 틈 없이 만개해 있다
그 꽃들 사이
나도 한 송이 연이 되어
가부좌 틀고 앉아 눈을 감는다
살며시 들어온 바람이 옷깃을 잡아당기는 오후
어느새 스르르 감긴 눈꺼풀
잡다한 번뇌에서 살짝 빠져나가려는 찰나,

모든 생은 연기법에 의해 돌고 돈다는데
지금 내가 사는 생은 어디쯤일까?

붉은 사막

나는 지금 붉은 하늘과 마주앉아
사막을 마시고 있는 중이다

투명해진 햇살 하나가
모래 속에 존재하는 파장을 따라
사르르 사르르
내 가슴을 뚫고 들어온다
빨간 모래들이 만들어낸 둥근 언덕
여성의 둔부처럼 솟아오르고
매끈하게 뻗은 긴 다리
너울너울 오솔길 만든다
귓전에 들리는 바람의 거친 발자국 소리
포효하며 질주하는 사자 갈기를 닮았다

뜨겁게 달구어진 붉은 사막
하찮은 생명체도 물의 기척을 찾아떠난 지 오래다
살아남은 자들이 끌어올리는 검은 액체의 기적
비옥한 초승달 지역엔 또 다른 풍요가 넘실거린다

사람아, 사람아

— 김유정

데일 것 같은 팔월의 햇살
잘 달궈진 철로 위로
나비 한 마리 살금살금 날아오른다

환영 인사인가
날개짓이 이쁘다

스물아홉
너무 바쁘게 떠나버린 그의 빈자리
그가 남긴 글들이 익어가는 한낮
울타리엔 주렁주렁 콩이 여물고
길섶엔 철 이른 코스모스 가을을 부른다

낮은 산자락 아래 옹기종기 모여 앉은 실레마을
춘천행 기차가 잠시 들러 땀을 식힌다

마을 어귀로 들어서니
닭 한 마리 푸드득거리며 달려와
뽑힌 털을 털며 도망친다

설마 점순이 짓은 아니겠지

그림일기 2

"엄니! 엄니!
아재가 밥에 물마라 부렀당께"

오랜만에 찾아온 귀한 손님

손님밥상 훔쳐보며
남긴 밥 기다리는 아이

그가 밥에 물을 말자
발 동동거리며

시인의 칼

한번 뺀 칼을 거두는 것은
찌르는 것보다 더 어렵다

무사가 된 후
무모하게 칼을 빼들고
무림으로 돌진한 지 십 년
무 한 개 찔러보지 못한 채
무수하게 찔려 상처투성이다

칼의 세계는 냉정하여
칼로 찌른 자
칼에 찔린 자 외면하고
칼바람 쌩쌩 일으키며
칼을 거둔다

후미진 골목길
울타리에 흐드러진 넝쿨장미
오월이 막바진데
붉은 꽃잎을 세우고
아직 기세등등하다

■ 해설

발 없는 새의 몽상

우대식/ 시인

최혜숙의 시집 『몽상가의 등불』은 이 시집 제목으로 잘 어울린다. 최혜숙의 많은 시편들이 몽상에 그 바탕을 두고 있으며 몽상의 등불을 길잡이 삼아 먼 길을 가고 있다는 생각을 지울 길 없다. 몽상은 비현실이기는 하지만 그 저변은 현실을 바탕으로 한다. 끝없이 몽상한다는 것은 현실을 변용하고 넘어서기 위한 몸부림의 또 다른 형식이기도 한 까닭이다.

최혜숙의 여러 시편들이 메타적 관점에서 시를 변주하는데 그 안에는 시를 향한 열망과 절망이 오롯이 담겨 있다. 사실 최혜숙의 몽상의 기원도 바로 시를 향한 열망과 절망에서 비롯된다고 보아도 무방할 것이다. 몽상이라는 허공에 집을 짓는 자들이 시인은 아닌가 되짚어 생각하게 된다.

"탐닉하며 뜨겁게 달아올라/ 꿈과 현실을 오락가락/ 몽환의 시간이다"(「나비의 시간」 부분). 이 시는 봄밤 꽃을 탐

하는 나비들의 탐닉을 그리고 있다. 순간, 황홀, 소멸로 이어지는 몽환적 세계로의 탐닉은 세계를 대상으로 하지만 기실 나비는 시인 자신의 초상이라 할 수 있다. 시인으로서의 자의식은 현실에 안주하고자 하는 자신에게 무수한 채찍질을 가하여 어느 먼 몽환의 세계로 떠돌게 한다.

침묵이여
내 혼을 관통하는 등불이여
날개 치며 일어나는 불꽃이여
내 생을 떨게 하는 힘이여

침묵이여
내 혀끝에서 지워지는 신의 선물이여
사각의 모퉁이에서 흔들리는 기억이여
어둠 저편에서 머뭇거리는 이미지의 편린이여

침묵이여
강물 위로 떠다니는 노래여
갈대숲에서 들리는 바람의 변주곡이여
내 몽상의 근원이여

침묵이여
안에서 타는 빛이여
나를 살게 하는 힘이여
내 영혼의 깊은 잠을 깨워다오

—「몽상가의 등불」 전문

침묵이 등불이며, 불꽃이며, 힘이라는 아이러니한 진술은 종교적 견인주의를 떠올리게 한다. 그러나 이 시에서의 침묵은 단지 발화하지 않는다는 의미를 넘어서 있다. "어둠 저편에서 머뭇거리는 이미지의 편린이여"라고 침묵을 정의할 때 그 침묵이 일상적 발화가 아니라는 것을 어렵지 않게 눈치챌 수 있다. 단언컨대 이 시에서 침묵이란 시적 사유를 뜻하는 것이다. 흩어지고 뭉치는 기억과 이미지의 혼란을 집요하게 추적해서 도달한 지점이 몽상이다.

몽상이 침묵에 도달했을 때 침묵은 "강물 위로 떠다니는 노래"가 되며 "갈대숲에서 들리는 바람의 변주곡"이 되는 것이다. 이러한 측면에서 침묵이란 세계의 끝에 도달하고 싶다는 시적 욕망과 거의 등가적 관계를 가진다. 몽상은 삶의 동력이며 시의 근원이라는 시론을 시로서 보여주고 있는 것이다. "나를 살게 하는 힘"이 삶의 동력으로서 몽상이라면 "내 영혼의 깊은 잠을 깨워다오"라는 절규는 시적 욕망으로서의 몽상인 것이다.

최혜숙의 시에 종종 등장하는 청각적 이미지의 구사도 몽상과 깊은 관련을 맺고 있다. 몽상은 직접적인 자극보다 환상의 소리에 더 많은 빚을 지고 있다. 차라리 눈을 감는 편이 오히려 몽상으로 진입하는 더 좋은 계기가 된다. 가장 절실한 곳에 귀가 있는 법이다. "새와 나 사이 텅 빈 공간/소리만 들락거리는 허공 한 칸"(「소리가 지나가는 길」 부분)에서처럼 시인은 보이지 않는 것을 보며 이를 통해 새로운 몽상을 꿈꾼다. 최혜숙의 몽상이 절실하고 은밀한 시적 욕망에 그 뿌리를 대고 있음은 다시 설명할 필요가 없다.

이번 시집에 유독 시인의 자의식이나 시쓰기 과정을 대상으로 한 시편들이 많이 보인다. 이것은 앞에 말한 바대로 시쓰기의 절실함과 관련이 깊다.

> 시를 쓴다는 것은
>
> 팽팽하게 풀 먹인 무명천을 펼쳐놓고
> 인생을 한 고비 한고비 잘 마름질하여
> 한 땀 한 땀 정성들여 꿰매는 것이다
>
> 인간세의 주름을 하나씩 하나씩 잡아가는 것이다
>
> 수많은 주름 속에 얼굴을 묻고
> 밤새도록 꺼이꺼이 울어보는 것이다
>
> 함박눈 펑펑 쏟아지는 거리로 뛰쳐나가
> 머리 위로 내려온 하얀 시의 파편들을 안타까이 바라보는 것이다
>
> 행간에 얽힌 어지러운 기호를 읽지 못하고
> 이미지의 함정에 빠져 허우적거리는 것이다

이젠 아무 쓸모없는 것들과도 쉽게 이별하지 못하고
하염없이 함께 흘러가는 것이다

때론 아비처럼
발 없는 새가 되어 하늘 높이 날다가
한 줄 바람 속으로 사라지는 것이다

—「발 없는 새」 전문

최혜숙에게 시를 쓴다는 일은 인간 세상의 주름을 정성껏 펴나가는 작업이다. 그러나 인간 세상의 주름이란 한도 없고 끝도 없는 일일 터다. 그것은 시쓰기 작업이 영원히 끝나지 않는다는 것을 의미한다. "수많은 주름 속에 얼굴을 묻고" 우는 행위는 존재에 대한 연민에서 비롯된다. 이 존재에 대한 연민이야말로 세상을 건너는 한 방식이 된다. "머리 위로 내려온 하얀 시의 파편들"은 아직 시가 되지 못한 채 떠도는 사유의 분신이다. "이미지의 함정에 빠져 허우적거리는 것"은 사유와 형상화 사이의 갈등이며 인식의 갱신을 향한 몸부림이기도 하다.

또 시는 의식 속에 도올하게 솟아올라 우리의 모든 감각에 기능하지만 실체가 없는 것이기도 하다. "아무 쓸모없는 것들"은 무용지물로서 시의 의미를 잘 보여준다. 시란 세상의 교환 가치로 보면 보잘것없는 것이며 그런 의미로 쓸모없음의 쓸모를 가장 정확히 보여주는 예술 장르인 것이다. 쓸모없음으로 인해 그 메시지는 더 강력한 의미를 가지게 된다.

마지막 연은 시쓰기의 또 다른 본질을 보여준다. "발 없는 새"는 지상에 내려올 수 없다. 지상에 내려오지 못한 채 떠돌다 바람 속으로 사라져야 하는 발 없는 새의 운명은 바로 시적 화자의 운명인 것이다. 시의 운명 또한 저러지 않을까 싶다. 지상에 발을 대기 위해 끝없이 착륙을 시도하다가 결국은 스스로에게 발이 없음을 깨닫는 순간 지상으로부터 멀어지는 운명. "나는 보이는 것과 느끼는 것 사이에선 낯선 관람객처럼 냉정해졌다 그러자 내게서 태어난 시가 내 것이 아니듯이 내가 사랑한 연극도 이미 나를 떠났다는 것을 깨달았다"(「보이는 것과 느끼는 것 사이」 부분)에서 보듯 새처럼 가뿐히 지상에 내려앉을 수 없는 비극적인 시의 운명을 직시하게 되는 것이다.

「생각 죽이기」에서 설화적 사고를 바탕으로 구성된 생각을 담는 주머니 이야기도 시 쓰기의 다른 표현으로 이해할 수 있다. "갈데없는 생각들을 담아 열흘이고 스무날이고 걸어두고" 바라보는 행위는 시를 향한 사유체계의 심화를 의미하는 것이다. 이렇듯 곳곳에 시란 무엇인가에 대한 자신만의 답을 제시하고 있다는 것은 시를 향한 염원을 보여주는 탐구적 자세에서 비롯된다고 할 수 있다.

무사가 된 후
무모하게 칼을 빼들고
무림으로 돌진한 지 십 년
무 한 개 찔러보지 못한 채

무수하게 찔려 상처투성이다

칼의 세계는 냉정하여
칼로 찌른 자
칼에 찔린 자 외면하고
칼바람 쌩쌩 일으키며
칼을 거둔다

—「시인의 칼」 부분

시인의 삶을 무사의 삶에 견준 이 시에서 좀 더 선명하게 어떻게 살 것인가의 문제에 대한 시적 화자의 답을 얻을 수 있다. 시란 칼처럼 냉정하며 준엄한 것이라는 인식은 시에 접근하는 시적 화자의 치열함을 내포하고 있다. 칼로 상징된 시는 단순한 도구가 아니라 백척간두의 위태로움 속에서 아스라한 삶의 균형자로 역할을 하며 형형한 빛으로 시적 화자를 쳐다보고 있는 실재라 할 수 있다. 결국 시에 사로잡혀 시 하나를 부여잡고 방랑의 칼잡이처럼 살아왔노라는 고백이 이 시에는 담겨져 있다. 아마 이 길은 영원히 끝나지 않을 것이며 시를 부여잡은 채 길가의 죽음도 마다하지 않을 것이라는 결기가 배어 있다. 붙잡힌 존재들이 바로 시인인 까닭이다.

최혜숙의 시 가운데 두드러진 또 하나의 현상은 인생의 비대칭성에 대한 탐구라 할 수 있다. 구부러지고 굴절된 일상이야말로 우리가 현실이라고 부르는 것이며 동시에 그

순리에 따라 살아가는 것이 일반적 인생일 터이다. 자신이 마주한 현실에서 느끼는 이질성은 균형과 평화를 무너뜨리는 기제로 작동한다. 그 이질성과 불편함에 대한 응시야말로 최혜숙의 시가 주는 다른 매력이기도 하다.

"어느 날 갑자기/ 아내는 아내가 아니었고/ 나 또한 내가 아니었다"(「어느 날 갑자기」 부분)는 고백처럼 느닷없는 세계의 이질성에 대한 인식은 진정한 나는 누구인가 하는 물음에서 비롯된 측면이 크다. 이러한 탐구 자세는 풍경을 자연 그대로의 것이 아니라 다양한 내면적 변용, 시적 변용으로 여과시키게 된다. "건너편엔 직육면체의 유리건물이 햇살을 빨아들이고 있습니다 유리에 찔린 빛의 파편들이 사방으로 튕겨나가요 구름 가득 실은 트럭 앞 유리에 파편 한 개가 얹히네요 트럭 안이 환해졌어요 햇살 속 유리건물과 구름 속 트럭이 서로 교감하는 순간입니다"(「햇살에 대한 감정」 부분)에서처럼 시적 변용을 통해 사물의 생생함을 드러내주고 있다.

오늘은 새벽이 너무 더디게 옵니다
이럴 땐 나도 어느 시인처럼 하늘로 올라가
희미해진 별들을 하나하나 씻겨주고
달의 눈썹도 잘라주면
시간이 좀 빨리 갈까요

정초에 찾아온 예고 없는 불청객
색색의 알약 십여 개를 입안에 털어넣고

밤새 엎치락뒤치락
꿈과 현실을 오락가락합니다

아직 꿈을 볼 수 있다면
살아 있다는 증거겠지요

고통을 신의 축복으로 여긴다는 인도인
살아 있는 자와 죽은 자가 공존하는 갠지스
그곳에선 과연 어떤 꿈을 볼 수 있을까요

―「사람 사는 일 2」

이 시처럼 최혜숙은 사람이 사는 일상에서 늘 궁극의 꿈을 꾸고 있다. 육체의 병이 몰고 온 혼돈과 고통은 꿈에 이르는 방법이 된다. 최혜숙의 시에서 꿈이란 이 세계 너머 초월적인 세계로의 통로이다. 꿈이 없다면 도저히 견딜 수 없는 허무함이 세계의 실체이기 때문이다. 결국 꿈과의 조우를 가능하게 해주는 고통이야말로 신의 축복이라는 역설에 도달하게 된다. 삶과 죽음이 공존하는 "갠지스"조차도 꿈을 꾸는 공간으로 설정되어 있다.

삶과 죽음 혹은 그 경계 어디에 위치하든 "아직 꿈을 볼 수 있다면/ 살아 있다는 증거"라는 고백은 생에 대한 무한한 애정이며 동시에 그 생을 떠받친 꿈의 가치를 힘주어 드러내고 있는 것이다. 꿈을 통한 진정한 가치의 추구가 극에 이르렀을 때 다음과 같은 시가 나오게 된다.

네가 내 얼굴을 잡아당겨 한 꺼풀을 벗겨낸다
그러자 웃고 있는 네 얼굴이 거기 있다
네 손에 들려 있는 것이 진정 내 얼굴일까
내가 네 얼굴을 잡아당겨 벗겨내면
거기서 내가 웃고 있을까
끝없이 떼어내도 끝없이 나타나는 수많은 얼굴
내가 정말 저토록 여러 생을 거쳐 여기에 서 있는 것일까
갑자기 무서워져서 손을 멈추고 너를 보았다
그런데 너는 없고 낯선 얼굴이 나를 내려다보며
웃고 있다
우리는 누구일까
어디서 온 것일까

—「윤회輪廻」 전문

윤회의 본질은 불멸의 영혼이 세계를 바꾸어가며 다시 환생한다는 것이며 현생은 전생의 업에서 비롯된다는 것이다. 수많은 페르소나로 형성된 자아는 마치 중국 변검처럼 다양한 얼굴을 하고 있다. 자신의 얼굴을 벗겨내는 행위는 "진정 내 얼굴일까"라는 물음에서 비롯된다. 이 혼돈스러운 현실 인식은 끝없이 자아와 자아가 처한 현실을 의심하게 한다. 결국 나는 진짜 나인가에 대한 물음이 시쓰기의 한 테마를 이루고 있는 것이다.

이는 더 철학적 질문의 형태를 띠며 너와 나의 관계로 확장된다. 과거와 현재 그리고 미래로 이루어지는 '나'라는 존

재의 여행에서 마주한 내가 스스로 생경함을 느꼈을 때의 당혹감이 고스란히 나타나 있다. 이것은 생의 성찰이라기보다는 완전한 의문의 형식을 띠고 있다는 점에서 생의 구경究竟에 도달하고자 하는 몸짓에 가깝다. 지극한 깨달음을 통하여 가장 마지막에 이르는 것이 종교적 구경라면 문학에서 생의 구경이란 앞에 말한 생의 비대칭성을 가감없이 드러냄으로써 현상에 대한 본질을 고민케 하는 것이라 할 수 있다.

사실 문학의 괴로움은 여기에 있다. 단순한 현상이나 자연 혹은 일방적인 자아를 그려내는 것은 그리 어려울 것도 없을 터이지만 자아를 포함한 세계의 본질이 무엇인가 하는 물음을 문학적으로 형상화한다는 것은 자아의 지속적인 자각을 요구한다는 점에서 늘 깨어 있어야 하는 피곤함을 요구하는 것이다.

"우리는 누구일까/ 어디서 온 것일까" 하는 물음이야말로 생의 구경究竟으로서 문학은 아닐까 곱씹게 된다. 아마도 시인이 도달하고 싶은 세계는 "밑바닥을 차고 솟아오르지 않아도 될" "영원한 허공"(「잠들지 못하는 밤」 부분)일 것이다. "아무것도 사라지지 않는"(「잠들지 못하는 밤」 부분).

최혜숙의 시에서 보이는 또 다른 특징 하나는 가족사이다. 어머니에 대한 이미지는 그리움의 정서를 동반하며 맑고 깨끗하다. 반면 아버지에 대한 인상은 어둡고 우울하다. 전쟁 같은 삶을 살았던 1950~60년대의 부모세대란 이성적으로 설명할 수 없는 모순을 끌어안고 있었다. 전쟁 이후

피폐함, 가정 내 근대성과 전근대성의 갈등, 가난과 교육 등 여러 세대에 걸쳐 일어났어야 할 모순들이 동시 다발적으로 노출된 시기였다. 한쪽에서는 산업화, 다른 한쪽에서는 민주화란 이름으로 서로 모순된 가치를 실현하기 위한 추구로 사회적 갈등은 심화되고 있었다.

이런 풍경 속에 대개의 가족은 희망을 꿈꾸면서도 현실에 절망하였고 그 최대 피해자는 가족 내 여성들이었다. 연민과 증오의 감정은 이 지점 어디에서 비롯된다. 증오하면서도 연민할 수밖에 없는 양가의 감정은 가족이라는 육친의 정에서 비롯된 것이다.

반쯤 삭아버린 뼈
이제 막 삭기 시작한 뼈
아직 멀쩡한 뼈
뼈들의 시간은 지난해 보인다

뼈와 뼈 사이
뼈와 흙 사이
개미들의 긴 행렬이 이어지고 있다
그들은 가슴을 쥐어뜯으며 소리를 지르지도 않고
꺼이꺼이 울지도 않는다
다만 느리지도 빠르지도 않게 행진할 뿐이다

이제 어머니는 더 이상 고단하지도 슬프지도 않으며
청명한 햇살 아래서 정갈하고 단아하다

깊은 잠에서 깨어난 뼈들
상자 안에 자리잡고 몸을 움추린다
한지와 뼈가 켜켜이 포개진다
그 위에 하늬바람과 눈물 몇 방울 얹히고
마지막으로 솜털구름 한 뭉치 덮인다

—「하늬바람 부는 날」 전문

어머니의 이장을 소재로 이 시는 어머니의 뼈를 수습하며 느낀 감정을 담담하게 풀어내고 있다. 인간의 육탈 과정을 통하여 죽음과 죽음 이후의 과정이란 슬프거나 괴로운 그 무엇이 아니라 자연스러운 것임을 보여주고 있다. "청명한 햇살 아래서 정갈하고 단아"한 어머니의 모습을 통하여 죽음 이후에도 변치 않는 애정을 드러내고 있다. 인식의 주체라는 입장에서 어머니에 관한 모든 기억은 눈물나도록 아름다운 것이다.

어머니와 동행하는 "하늬바람과 눈물 몇 방울"과 "솜털구름"은 이 세계에 존재하는 몇 안 되는 순수의 실체들이다. 시적 화자의 다면적 시각이 어머니를 인식할 때만큼은 순한 단면으로 치환되어 드러난다는 것은 복잡한 사고 과정이 필요 없다는 말일 터이다. 그만큼 심리적으로 근거리에 어머니가 자리잡고 있다는 뜻이며 그리움의 실체로서 여전히 기능한다는 의미이기도 하다.

"내가 지금 여기서 엄마 하고 부르면/ 소리는 내 시간을 거슬러/ 지금은 안 계신/ 젊은 엄마의 귀에 닿을 수 있을까"

(「문득」 부분)라는 의문도 엄마에 대한 기억의 축적 혹은 기억의 총화가 불러낸 것이다. 어머니에 대한 깊은 애정이 문득 어머니를 호출하는 계기가 된다. "날이 갈수록 어머니의 밭은 물컹해져서/ 발을 넣으면 나올 수 없는 수렁처럼 부풀"(「비 오는 날의 발작」 부분)던 어머니의 삶에 동행하며 허우적거리던 어린 날의 아픈 기억도 어머니에 대한 애절함으로 다가오는 것이다. 어머니의 죽음 이후의 단아한 이미지는 생전의 상처에 대한 반대급부의 투사라 할 수 있다.

아버지가 돌아가시고 난 후 여러 해 동안
원망은 마음 한쪽을 제 것인 양 차지하고
꼼짝도 하지 않는다

큰 맘 먹고 나선 성묫길에 폭설이 내린다

무덤 앞에 무릎 꿇고 앉아 술 한 잔 올리고
묻어두었던 원망을 꺼내 두서없이 벌려놓는다
코트 깃을 밀치며 망설임 없이 파고든 눈발
가슴으로 스며들어 금방 눈물이 된다

눈발은 더욱 거세지고
한 치 앞도 분간하기 어렵다
뿌리가 단단하지 않은 것들은 흩어져
눈보라에 떠밀려 날아간다
아버지에 대한 원망도 덩달아 날아간다

갑자기 금방이라도 봉분이 열려
스르르 빨려들어갈 것 같은 두려움이 밀려와
서둘러 산을 내려온다
차 안에 들어와서야 간신히
아직 멀쩡한 하얀 봉분을 돌아보며
때늦은 작별인사를 한다

—「화해의 시대」 전문

아버지에 대한 기억은 "원망"으로 압축된다. 그에 대한 인과적 이유를 시에서는 알 수 없지만 앞에 말한 시대상과 맞물린 불우한 가족사와 연관을 맺고 있을 것이라는 추측만 가능할 뿐이다. 다만 다른 시를 통하여 유추해볼 수 있다.

"그날 꽃향기에 취한 무능한 아버지를 업고 들어와/ 마룻바닥에 내동댕이치고 집을 뛰쳐나간 그는/ 찬바람이 불기 시작해도 돌아오지 않았다"(「완벽한 가족」 부분)는 고백에서 가족사의 분열을 볼 수 있다. "그"는 가족의 일원일 것이며 아버지의 행위에 직접적인 행동으로 맞서는 인물이기도 하다. 그의 가출은 가족의 입장에서는 상처일 것이며 그 상처의 가장 큰 심리적인 피해자는 어머니일 가능성이 높다. 원망을 동반하며 "큰 맘 먹고 나선 성묫길"에서 만난 "뿌리가 단단하지 않은 것"은 시적 화자 자신의 초상과 등가적 의미를 가진다.

눈보라에 쓸려가는 뿌리가 단단하지 않은 것들은 아버지와 자신의 관계를 떠올리게 한다. 이리저리 쓸려와 아버지의 봉분 앞에 다시 섰을 때 여전히 원망과 두려움의 감정은 남아 있지만 작별인사를 함으로써 화해를 시도한다. “때늦은 작별인사”는 때늦은 화해의 포즈라는 점에서 불우한 가족사는 봉합되는 것이다.

이 시집에는 다양한 국가를 여행하면서 쓴 시가 여러 편 있었다. 이 시편들을 통하여 신과 인간에 대해 묘사하기도 하고 예술가의 초상을 그리기도 한다. 그러나 어떠한 경우에도 풍경을 그대로 드러내는 경우가 없다는 점에서 일관된 시적 태도를 보인다고 할 수 있다.

시인에게 여행은 “손가락 사이로 빠져나가는 안개 같은 소리”(「실스마리아」 부분)를 듣는 시간이다. 시인의 들끓는 내면은 이 시간은 통하여 더 먼 곳을 몽상하며 자신의 예술혼藝術魂을 단련하는 것이다. 수일한 여행시가 많았으나 더러 지역적 상징이 너무 커 시적 의미가 서로 상충되는 경우도 있었다.

이제 시집에 대한 중언부언을 그치고 한 편의 치열하고도 아름다운 시를 소개하는 것으로 글을 마친다.

나는 지금 붉은 하늘과 마주앉아
사막을 마시고 있는 중이다

투명해진 햇살 하나가
모래 속에 존재하는 파장을 따라
사르르 사르르
내 가슴을 뚫고 들어온다

빨간 모래들이 만들어낸 둥근 언덕
여성의 둔부처럼 솟아오르고
매끈하게 뻗은 긴 다리
너울너울 오솔길 만든다
귓전에 들리는 바람의 거친 발자국 소리
포효하며 질주하는 사자 갈기를 닮았다

뜨겁게 달구어진 붉은 사막
하찮은 생명체도 물의 기척을 찾아떠난 지 오래다
살아남은 자들이 끌어올리는 검은 액체의 기적
비옥한 초승달 지역엔 또 다른 풍요가 넘실거린다

—「붉은 사막」 전문

현대시세계 시인선 **104**

몽상가의 등불

지은이_ 최혜숙
펴낸이_ 조현석
기　획_ 백인덕, 고영, 박후기
펴낸곳_ 북인
디자인_ 푸른영토

1판 1쇄_ 2019년 09월 28일
출판등록번호_ 313 - 2004 - 000111
주소_ 121 - 842 서울 마포구 서교동 467 - 4, 301호
전화_ 02 - 323 - 7767
팩스_ 02 - 323 - 7845

ISBN 979-11-87413-58-5　03810

이 도서의 국립중앙도서관 출판예정도서목록(CIP)은 서지정보유통지원시스템 홈페이지(http://seoji.nl.go.kr)와 국가자료종합목록시스템(http://www.nl.go.kr/kolisnet)에서 이용하실 수 있습니다. (CIP제어번호 : CIP2019035142)

책값은 뒤표지에 있습니다.
저자와 협의 아래 인지를 생략합니다.